KB272317

바람의 길

바람의 길

2026년 4월 23일 초판 1쇄 인쇄 발행

지은이   이명신
펴낸이   박종래
펴낸곳   도서출판 명성서림

등록번호   301-2014-013
주소   04625 서울시 중구 필동로 6 (2, 3층)
대표전화   02)2277-2800
팩스   02)2277-8945
이메일   msprint8944@naver.com

값 10,000원
ISBN 979-11-7439-117-9

이 책의 저작권은 저자와 도서출판 명성서림에 있습니다. 무단 전재 및 복제를 금합니다.
이 책 내용의 일부 또는 전부를 재사용하려면 반드시 저자와 도서출판 명성서림의 동의를 얻어야 합니다.
파본은 구입처에서 바꾸어 드립니다.

바람의 길

이명신 제 3시집

도서출판 명성서림

詩人의 말

바람의 길 위에 서서
다시 숨을 고른다

잊고 있던 이름들이
조용히 깨어난다.

작은 떨림으로
조금 더 깊어진 나로

보다 나은 세계를
꿈꾸며 부활復活한다.

1부

그렇게 사랑은 시작되었어   12

피 붉은 울음   13

정결精潔 속의 흠결欠缺   16

에피타이저*Appetizer*   18

페미니스트*Feminist*   19

5,303번째 글자, 삶   20

사랑한다고 말하지 말아요   22

얼굴 없는 양심   23

봄을 맞으며   24

고구려高句麗는 웃는다   25

순純살 아파트   26

그리움은 시간과 동행하는 여행자   27

가을밤의 추억   28

이제 12월   30

KF-94 마스크   31

퀴어 문화 축제   32

애련哀戀   33

거룩한 주군酒君   34

3인조三人組   35

나[我]를 찾아서   36

2부

신년 운세新年 運勢　40

가랑비　41

이 봄, 사랑은 찾아든다　42

욕망慾望　44

백로 한 마리　47

애인愛人　48

아! Jonathan　50

사랑아, 사랑아　52

골목길 풍경　54

빨간 종이 주까, 파란 종이 줄까　56

봄길　58

묵은 잎　59

거북　60

또다시 너를 그리며　62

큰 사랑　64

여행旅行　66

폐업 기념　68

매화 향　70

가는 길　72

사랑과 시詩　74

3부

장미의 노래　　　　　　　　76

기차　　　　　　　　79

개똥밭에 굴러도……　　　　　82

추성부(秋聲賦 : 가을 소리)　　84

미소微笑　　　　　　　　85

시인과 은행銀杏　　　　　86

한 해를 보내면서　　　　89

너를 닮은 겨울　　　　　90

문산文山의 봄　　　　　92

유혹誘惑　　　　　　　93

下山(하산)길 개망초　　　94

5월 밤 숲길　　　　　95

경칩驚蟄　　　　　　96

반영反影　　　　　　97

창가의 작은 새　　　　98

버스에서　　　　　100

눈물의 꽃　　　　　101

아버지 산소를 가며　　102

바람의 길　　　　　104

염인厭人　　　　　106

4부

시계 108

입추立秋 109

가족家族 110

바람의 길2 112

정신병동精神病棟 시인詩人은 113

신·불·자信用不良者의 만감萬感 114

시간의 제단祭壇 116

고픈 아버지 117

장닭, 빗속에 울다 118

무경계無境界 120

도자道者를 생각하며 122

홀로 가는 길 124

푸른 새벽 빙소리(고어체 시조) 125

자주 보는 꿈 126

허상虛像의 자리 128

문산文山의 가을 130

갈대의 사랑 131

노벨Nobel은 울고 있다 132

영야永夜 메타버스Metaverse 134

시 평론 136

1부

그렇게 사랑은 시작되었어

밤늦은 귀갓길.
너의 뒤를 바짝 붙어 따라오던 괴한怪漢.
위급한 상황에 아무 전화번호를 누른 게 나.

연인에게 전화하듯
위기를 모면하는 너의 재치에,
아무 집이나 불 켜진 집의 벨을 누르라했어.

다행히 안에서 나오는 사람의 기척을 듣고
괴한은 사라졌어.
긴박했던 사정事情 설명과 미안함을 인사하고
우리는 그렇게 인연因緣이 되었어.

그리고 사랑은 시작되었어.

피 붉은 울음

이 밤
임진강臨津江의 숲을 떠난다

부모도
아내도
자식도
친구도 없이
고독한 외길
13,000킬로미터 모잠비크로

길을 잃지 않기 위해
별을 찾아
지자기地磁氣의 본성을 따라
늦출 수도
멈출 수도 없는 이 하늘길
나그네가 되어
이 밤, 나는 간다

장쑤성의 달밤을 가로질러
미얀마의 강마을을 지나

인도의 밤거리를 날아
쉼 없이 인도양을 건너
아프리카 사하라 깊숙이

어둠을 뚫고
바람을 헤치고
태풍과 사이클론을 피해
겨우살이를 위해
가야만 한다

내던져진 탁란托卵의
자식으로 태어나
하늘은 보고
땅도 알고
숲은 울었다
본능이요
운명이고 숙명이다

임진강의 숲이여
문산文山의 수목들이여

나의 울음을 기억해 다오
나 홀로 아픔을 안은
이 피 붉은 울음을

뻐꾹뻐꾹 뻐억쿠우욱

정결精潔 속의 흠결欠缺

씻어도 지울 수 없고
닦아도 맑아지지 않을
정결精潔 속에 남아 있는
흠결欠缺

아침에 눈을 뜨면
미천한 나는 사라지고
또 다른 내가
다시 시작됩니다

밤새 쌓인
저 하얀 눈

순수純粹 위로
그려질 내 발자국
아,
파묻힐 내 어두움이여

나를 정결하게 하소서*

나를 씻기소서

내가 눈보다 희리이다.

애피타이저 *Appetizer*

살다보니 알겠더라.

정치인의 공약公約
기상청의 예보豫報
보험회사의 약관約款
병원사무장의 진료권유
강한 자者의 앓는 소리

아아
이 위태로운 믿음의 자극刺戟들.

* 애피타이저(Appetizer) : 식욕촉진제.
큰 욕망을 자극하는 작은 자극.

페미니스트 *Feminist*

맛과 향은 달라도
닮았다

내 속에서
나
너
그리고
그.

5,303번째 글자, 삶

삶은
마치 거친 바람 속에서도
고운 꽃을 피우는 나무와 같다.

그 뿌리는
어려움을 겪어 깊숙이 박히고,
그 가지는
세찬 바람에 흔들리며 더욱 강해진다.

삶의 순간순간은
각기 다른 계절처럼 변화하며,
그 모든 계절은
결국 우리의 이야기를 완성시킨다.

삶의 의미는
그 과정 속에서 발견되며,
그 여정 자체가
가장 아름다운 보물이다.

* 5,303번째 글자 : 컴퓨터에서, 세계 각국의 언어를 통일된 방법으로
표현할 수 있게 제안된 국제적인 문자 코드 규약.
유니코드(unicode).
현대 한글의 모든 글자 수는 총 11,172글자다.
· 초성 19자:ㄱ, ㄲ, ㄴ, ㄷ, ㄸ, ㄹ, ㅁ, ㅂ, ㅃ, ㅅ, ㅆ, ㅇ, ㅈ, ㅉ, ㅊ, ㅋ,
ㅌ, ㅍ, ㅎ
· 중성 21자:ㅏ, ㅐ, ㅑ, ㅒ, ㅓ, ㅔ, ㅕ, ㅖ, ㅗ, ㅘ, ㅙ, ㅚ, ㅛ, ㅜ, ㅝ, ㅞ,
ㅟ, ㅠ, ㅡ, ㅢ, ㅣ
· 종성 27자: ㄱ, ㄲ, ㄳ, ㄴ, ㄵ, ㄶ, ㄷ, ㄹ, ㄺ, ㄻ, ㄼ, ㄽ, ㄾ, ㄿ, ㅀ, ㅁ,
ㅂ, ㅄ, ㅅ, ㅆ, ㅇ, ㅈ, ㅊ, ㅋ, ㅌ, ㅍ, ㅎ

· 19 ×21(1+27)=11,172글자

사랑한다고 말하지 말아요

– 리얼돌*Real doll*을 위하여

염殮하면서 알았네.
당신의 똥구멍[肛門] 주름이
6개였다는 걸.

수많은 사랑을 나누면서도
당신 속을 다 안다면서도
겉에 보이는 이 주름의 개수個數도 몰랐네.

"세상이 무너져도
난 당신만 있으면 돼."
했던 고백告白이 이렇게도 아플 줄이야.

* 리얼돌(Real doll) : 사람 크기의 섹스 인형.
 캘리포니아 산 마르코스의 유한책임회사 '어비스 크리에이션즈'(Abyss Creations)에서 생산하여 전 세계로 판매되는 사람 크기의 섹스 돌이며, 때로 마네킹으로도 여겨진다. 포즈를 취할 수 있는 PVC 골격, 강철 관절, 실리콘 살로 이루어져 있다. 대한민국에서는 섹스 돌 그 자체를 의미하기도 한다.

얼굴 없는 양심

어디쯤에서 멈춰야 할까.
사람이 술을 먹고
술이 술을 먹고
술이 개차반을 만들고.
"어머! 실수."
이 말이 면죄부.

저 양심 언제쯤 돌아올까.
가족이라는 개가
배변을 했건만 그냥 가니
개가 개를 끌고 다니네.
"몰랐다."
말[辯]이 변便이네.

누가 치우나 저 흔적들을.
너도 한마디 하렴.

"주인님, 내 응가 먹든지 치워 주시개.

봄을 맞으며

아지랑이 봄 햇살 속에
나뭇가지 끝 푸르름이 싱그럽고
보유스름한 들판 멀리 마을의 풍경
고향의 향수鄕愁처럼 부드럽다.

노을이 내려오면
사랫길이 무지개처럼 펼쳐지며
하늘은 붉은 불길에 살아 숨 쉬고
마음도 사늘하여 따뜻해지네.

이 세상의 빛과 색채가
봄 안에 담길 수 있는 것처럼
내 삶의 마음도 푸른 향기 따라
늘 새롭고 끌끌하기를 바란다.

고구려高句麗는 웃는다

백성을 나누고 나라를 뒤집는 세력들,
차라리 고구려高句麗, 백제百濟, 신라新羅로 갈라서자.
너무 오래 붙어살았어.
고주리미주리 가이없는 갈래판.
뭉치면 죽고 흩어지면 산다.

고구려高句麗는 웃는다.
내 방석方席은 어디에 깔아 둘까.
백제에, 신라에, 독도에, 용산龍山에.
왜倭, 호胡, 로스케*Rusky*, 양키*Yankee*들이
겻불 쬐며 편히 앉을 자리 찾는다.

있는 자들은 달나라라도 떠날 것이고,
늑대와 여우들은 잔머리를 굴리고,
없는 자들은 영웅을 기다릴게다.
차령車嶺을 밀어 독도까지 간척할
풍수 영웅風水英雄은 나타날 것인가.

순純살 아파트

쥐약이나 좀약~
벼룩 약이나 빈대 약 있어요~
먹으면 즉사卽事하는 거,
맛보고 사요~

때깔 좋은 아파트 있어요~
자, 돈 내면 짓습니다~
짓기 전에 사요~
살다가 뼈 없으면 돈 대신 갈게요,
몇 년 살고 나오면 돼요~

이 무더위에 납량 특집納涼 特輯이냐?
턱없는 귀신 애긴 들었어도,
뼈 없는 아파트 애긴 정말 서늘하구나.

* 순(純)살 아파트 : 건물을 지으면서 철근이 누락 되어, 맨 콘크리트
  기둥으로 안전이 심히 염려되는 부실시공 아파트.
  2016년 대만 남부에서 발생한 규모 6.4의 강진으로 116명이 매몰되
  어 숨진 빌딩도, 건물 벽 안에 철근이 있어야 할 자리에 식용유통과
  스티로폼이 다량으로 발견되어 세계가 경악했었다. 이에 대만 매체
  에서 '두부가 부서지듯 붕괴했다.'라고 해서 "두부 빌딩"으로 불렸다.

그리움은 시간과 동행하는 여행자

그리움은
시간과 동행하는 여행자.

내가 그녀를 사랑하고자 하였을 때,
그녀는 이미 별의 옷을 입었다.

저 별 속의 그대는
나를 떠난 존재가 아니라
나를 넘어선 존재.

우리의 만남은
전생의 빚인가,
다음 생의 약속인가.

가을밤의 추억

무지갯빛 꿈길 위에
그리움이 아롱지면
그것은 주마등 속에
새겨진 이름.

아스라한 기적소리에
꿈조차 깊은 가을밤
밤하늘 평화의 강물은
쉬임 없이 흐르는데
순결한 외로움은
꿈길의 꽃밭에 나래를 편다.

가을은
낙엽이 좋았고
어둠의 환희에 젖은
밀어는
너와 나를 사랑했다.

초롬한 눈동자
입가에 피어나던 하얀 미소
이슬 맺힌 코스모스가
그리도 고왔겠는가.

귀뚜리 소리 깊은 밤에
너 닮은 나의 마음은
아름다운 슬픔을 간직한 채
옛날의 그 길을 간다.

이제 12월

벗어도 벗어도 더웠던 여름
흐르고 흐르던 비지땀과 팥죽땀
아름다운 미소에 숨을 고르고
따뜻한 한마디에 잠들었었다.

이제 12월,

분주한 바람은 지나가고
모두가 넉넉한 마음으로
사르르 녹는 가슴속에서
작은 온기 말없이 피어난다.

KF-94 마스크

열심히 살 뻔했어.

결국 할 수 없는 것이
내가 할 수 있는 것.

퀴어 문화 축제

그날 에덴동산엔 비가 내리지 않았다.

성악과性惡果에 독毒을 묻힌
유혹은 땅에 내려와 변신變身을 하고,
이브는 그것을 먹었다.

찰~ 찰~ 찰싹! 찰싹!
엉덩이가 찰지구나~
아무 생각 없어~
하잔 말도 안 해.
달란 소리도 안 해.
그저 줬으면~ 해.

조스 서면 뭐 하게?
비역질도 못하는 고개 숙인 몸가락.

* 퀴어 문화 축제 : 매년 전국 각지에서 열리는 성 소수자들의 문화
  축제.
* 몸가락 : 손가락 발가락처럼 몸 중심에 있는 남자 성기(북한어).

애련哀戀

33

너를 생각하면
마음 한편이 물안개처럼 젖는다.
차마 말하지 못한 말들이
한 줄기 바람처럼 가슴을 지나간다.

내가 사랑한 너는
항상 조금 멀리 있었지.
손을 뻗으면 닿을 듯
그러나 늘 한 걸음 저편에서 웃던 사람.

그리움은 익숙해졌지만
잊는 법은 배우지 못했다.
밤이면 너의 이름을 조용히 부르고
아침이면 아무 일도 없던 듯 웃는다.

이게 사랑일까,
아니면 사랑이었던 것일까.
애련哀戀이란 이름의 가슴앓이만
내 안에서 여전히 꽃피고 있다.

거룩한 주군酒君

세상 촉새들의 지저귐이 시끄럽고
흘기는 눈들이 흐릿할 때
음침한 바람 소리 안주 삼아 마셨다.

살아 보니 그러하더라.
파닥이는 어휘語彙들이 마구 튀어나와
태산泰山같이 무거운 훗날을 주는 것을.

이 나이에 내 삶을 읽으면서
허벌나게 세파世波에 두들겨 맞은
서슬 같은 구절들은 지워지지 않는다는 것을.

푸르딩딩한 피 보신 적 있나요?
멍든 가슴팍 배어 나온 녹슬은 피는
봄날,
푸른 물에 씻겨 가겠지.

3인조 三人組

지구의 생명바다 지켜도 힘들건만
온난화 쓰레기에 방사능 오염수를
손잡고 버리고 있는 인류의 적 [1]기시다

무언의 공조자인 옆나라 지도자여
만인이 분노한다 네 조국은 어디인가
수천 년 역사 속에서 선열들이 탄한다

이보오 친일매국 남조선 동무들
우리 핵 수입해서 저놈들 날리라우
[2]범보고 애보라기지 밸도 없는 종간나

너 죽고 나 살자고 모두가 죽는 거지
개고기 설삶은 듯 씬득씬득 말 안 듣는
3인조 그대들에게 후대들은 뭐랄까

1. 기시다 후미오(岸田文雄, 1957년 7월 29일~) : 일본의 제100·101
   대 내각총리대신이자 제27대 자유민주당 총재.
2. '범보고 애보라기' : 북한의 속담.
   '믿지 못할 사람에게 중요한 일을 맡긴다는 뜻'으로 위험성이 있거
   나, 하는 짓이 어리석음을 조롱할 때 하는 속담.
우리 속담 '고양이에게 생선 맡기기'와 상통함.

나[我]를 찾아서

무한無限과 유한(有限, *Aporia*),
절대絕對와 상대相對,
겹겹의 숨결이 내 안의 침묵을 흔든다.

별빛은 인연처럼 태어나,
자신의 빛 속으로 사라지고,
모든 것은 오고 감을 되풀이한다.

하나의 뜻,
반야般若의 맑은 칼날,
주역의 역易의 변화,
성리학의 리理의 맥박,
점성술의 점占의 속삭임,
모두가 나를 비춘다.

복福은 소리 없이 스며드는 것,
오른손의 선善을
왼손도 모르게 흘려보낼 때,
하늘의 그릇이 찬다.

나는 이미 나[我]였다.
유한을 품은 무한의 심장,
깊은 자비와 사랑이
참나의 이름으로 빛난다.

2부

신년 운세新年 運勢

– 1월의 운세

떠돌던 봄들과
열정의 여름들 속에서
두근두근 숨 가쁘던 꽃

흔들리던 희망
바래져가던 꿈마저
사그라질 때,

“만사가 형통하기 시작하니
즐거움에 즐거움을 더 하누나

인연이 좋아서 연인을 만나면
천상의 배필을 만날 것이니……”

제일 추운 날
맺힌 가슴속엔 불꽃이 핀다.
또다시 시작이다.
운명이다.

가랑비

조곤조곤,
도닥도닥,
창가를 두드리는 가랑비.

봄엔 연둣빛 숨결로,
가을엔 낙엽의 속삭임으로,
겨울엔 침묵의 노래로 내린다.

지친 하루의 끝자락에
쉼표 하나 던져주는
숙연肅然한 운치의 소리.

삶의 먼지 털어주며
한 줄기 고요를 건네는
다정한 위로의 손길.

이 봄, 사랑은 찾아든다

해가 바뀌고 또다시 새 풀과 꽃들이 피어나는 계절이
왔다.

봄이다.
봄은 아름답다.
기쁨이다.
황홀 그 자신이다.
마당 양지쪽을 차지한 강아지가 나른한 잠을 즐기고,
이웃 수탉의 고적한 울음소리만이 동네를 지킨다.
실개천의 물결은 반짝이며 흘러간다.
물결 따라 춤추는 나비도 느긋하다.
사방에 마음 풀리는 그윽한 풍경이 즐비하다.
하늘에도 봄노래가 떠돌고, 땅 위에도 봄내음이 감돌
고, 마음에도 봄향기가 가득하여 감미롭고 황홀하다.

봄은 달콤하다.
봄은 사랑이다.
사랑의 시작이다.
사랑을 방해하는 것은 아무것도 없다.

사랑이 찾아들면 깊은 것을 건너 높은 것도 넘고, 문이나 빗장도 모르며 모든 것의 속을 관통하며 나아간다.

눈부시고 푸르른 사랑이다.

기쁘고 명랑하게 노래하는 사랑이다.

사랑의 끝은 모르지만, 시작은 영원하며 활개를 친다.

첫사랑 같은 마음이 두근거리고, 다시 피는 고운 연초록 가슴속에 활짝 웃는 이 봄, 사랑은 찾아든다.

욕망慾望

끝남도 없고 시작도 없는 곳에서
행복인지, 원죄인지도 모른 채
그저 처음과 함께 흘러가는 물결.
말릴 수도, 그칠 수도 없는.
제자리에서 바둥거리는
꺼질 줄 모르는 괴로움.

잠은 언제나
만족하지 못하는 시간.
흉이 되어도 벌은 받지 않는다.

식탐食貪은
돈을 먹고,
나이를 먹고,
챔피언Champion을 먹고,
인생을 먹고,
밥을 먹는다.
게걸스러워도 죄는 아니다.

성욕性慾은 사랑을 요구하고,
어, 아닌데-
색욕色慾은 이성異性을 요구하고,
그것도 아닌데-
성性은 숨기고,
시時와 때를 가리며,
죄가 되어 벌을 받고,
상처를 남긴다.

욕망을 덮어씌울 그물을
누가 짤 수 있을까.
욕망 앞에 자유란,
속박의 또 다른 이름.
욕망의 충족은,
결핍의 또 다른 시작.
구멍은 팔수록 커지고,
욕망은 채울수록 빠져만 간다.

결국 욕망은
그물을 벗고,

자유를 향해 달려,
끝에서 외친다.
死!
삶을 이탈한 삶은 없는가.
死.
죽어서 오는 길이,
살아서 가는 길.

백로 한 마리

농수로農水路에
백로 한 마리

깜빡 졸다
개울뻘에 푹 처박혀

화들짝 벌떡 일어나
흙탕물 퍼덕퍼덕
털어내는 꼴이
참말로 우습다

어젯밤, 대체 뭐 했는거
기러기들 허고 밤새
망년회라도 했나

아니믄
홍대鴻大 클럽*club* 가가
하얀 깃 다 풀어놓고
진탕 놀다 온겨?

애인愛人

사랑하는 사람,
그 이름 하나로도 세상이 환해진다.

서로를 마주 보며 닮아가고,
닮아가는 동안 서로를 잃어가는 –
그러나 결국 하나로 돌아가는 운명.

전생의 깊은 업보가 이 생生을 불러
우리, 다시 만나게 했을까.
피할 수 없는 인연이라면
온 마음 이 목숨 다하여 감싸 안으리.

내 콩팥 너 없으면
대신 줄 수 있고,
내 눈이 멀어도
그대 눈으로 세상을 볼 수 있으며,
내 다리 없으면
그대에게 업혀 갈 수 있으니,
우리 둘이 아닌
한 마음, 한 목숨이리.

사랑이란 결국
나를 잃어 너를 얻고,
너를 품어 나를 완성하는 일.

아! Jonathan
- *受賞하는 詩人 A를 위하여*

백사장의 갈매기는 자연 속의 갈매기가 아니었다.
무엇이 그들을 이렇게 허약하고, 비굴하게 만들었을까
누가 그들을 자연의 세계에서 밀어냈는가
먹는 게 다르고 싸는 게 달라야 하는데.

비둘기와 같이 어울려
사육되어 가는
관광객이 던져주는 과자에 익숙해져 있었다.

던져지는 새우깡 속에서 저희끼리 다툼하는
모습이 영락 인간 세상이다.
오히려 한 구석에 밀려난 비둘기 대여섯 마리가 애처롭다.

야생에서 탈피하여
온실 속 삶에 타협하려는 모습이 안타깝게 비굴하다.

그 어려운 사람-남과 북의 사람도 동화되어 가는데
갈매기도 비둘기와 인간에 동화되어 간다는
상황설정이 요상한 산책길 아저씨의 횡설수설.

그래도

너희는 고기잡이 배 근처에 있어야 했다.

그물을 걷어 올리는 곳에

고기잡이 배가 들락이는 선창가에

또는 외딴 바닷가 바위섬에.

조금 덜 먹고

아귀다툼 작은 생선 나눠 먹고

초석(硝石, niter)을 만들 배설을 해야 했다.

사육을 거부해야 했다.

너희는 너 다워야 했다.

* 순정부품만 쓰던 언어수리공 A가 정치인이 되어, 자신의 글솜씨에
  정치적 감각을 버무려서 시인 출신 정치인 K에게 '뻘짓', '찌질이'라
  는 말을 사용한 것에 대해 다시 상기함.

사랑아, 사랑아

가슴을 쪼개 피를 흘려 불러도
너는 다시 돌아오지 않는다.

세상 모든 길을 헤매어도
너의 발자취는 이미 지워지고,
내 두 눈 속 불빛도 꺼져간다.

저 별빛은 너무 멀고
고향조차 사라진 듯,
남은 것은 텅 빈 이름 하나.

저 나룻배는 알까,
내 품에서 빼앗긴 꿈의 무게를.
저 행인들은 알까,
짓밟혀 꺼져간 침묵의 비명을.

가는 넌 가고
남은 나는 무너져,
애간장이 다 타고
뼈마디마다 슬픔이 스며든다.

밤이 깊어 강가에 서면,
소쩍새 울음에 또 무너져
눈물 베개 삼아 눕는다.

사랑아, 사랑아—
내 심장에 묻힌 너,
내가 죽는 날까지
나는 매일 네 무덤이 된다.

골목길 풍경

"너, 세수 안했구나."

아늑한 골목길에
들은 척도 않는 고양이가
한가하게 걸어가고
구수한 된장국 냄새에
부부의 목소리가
간간히 집밖으로
흘러나오는 일산역 앞 골목길.

밤새 못이길 술을 마셨는지
전봇대 밑 술꾼의 토사물도 눈에 익고
귀에 익은 닐·다이어먼드의 노래
솔리터리 맨이 은은히 울리는 골목 안
어쩜 예전의 추억 길 같다.

과거는 더 이상 존재치 않는 것이고
사람이 성장하면 같은 풍경도 다르게 보인다지만
눈 빠르게 변하는 거리풍경에서 고정된 듯한
골목길 풍경은 사뭇 고고해 보이기까지 하다.

꿈과 희망만 좇아온 지난날은
봄 햇살이 늘어지는 골목길에
고양이기지개처럼 그림자 하나 길게 뉘였다.

빨간 종이 주까, 파란 종이 줄까

참 바쁘게도 산다.

방귀 뀌며
똥 누며
오줌 싸며
담배 피우며
통화까지.

침묵과 사색의 공간,
쾌변의 거룩한 성소聖所.

예의와 방종放縱이
얇은 칸막이 하나 두고
교차한다.

금단의 벽 너머
흘러나오는 그들의 소리.

– 또 그 무리 찾냐?
이룰 수 없는 망상,
잊히지 않는 꿈을
심어놓고 떠난 놈들인데 –

빨간 종이 주까,
파란 종이 줄까.

봄길

밭고랑 아지랑이
푸릇푸릇 논두렁

아스무레 연둣빛 산
포기포기 보리잎새

햇살방석 논 웅덩이
할랑할랑 올챙이들

송골송골 땀방울
포로롱 놀란 종다리

살랑살랑 실바람
풀내음 흙냄새

봄 속으로 방싯 난 길
그 길은 나를 연 길.

묵은 잎

떠날 수 없었던 사연이 있었을까.

겨우내 쪼던 매운바람에
저리도 창백한 깃발이 되어

꿈꾸어도 닿지 못할 마음은
울고 싶은 막막함으로
허기진 삶은
채워질 그 무엇을 기다리다
잿빛가지를 놓지 못하는 회한悔恨으로 남은 것이 아닐까.

여물지 못하고 시들어 빛진 마음은
내 아래에서 먼저 죽어간 넋들을 위해
바싹 마른 기도祈禱로 떠돈다는 것.

너는 언제나 있고 봄은 오는데
이제는 가야지
사슬을 풀고 뼈마디를 챙겨.

거북

먹빛으로 저무는 바다에 선 나날
어둠 속에서 스러져가는 주름진 시간들
세상 제일 낮은 곳에서
이름과 기억도 비워둔 채
사막沙漠을 넘던 침묵沈黙으로
적막寂寞의 껍질에 내 얼굴을 묻었다.

길도 아닌 길도 서성이고
앉을 데도 없는 땅을 긁어가며
손마디에 엉겨 붙는 돌밭을 파대었다.
맨살로 파고드는 아픔을
가슴으로
또 가슴으로 문질렀다.
바람이 상처傷處를 불어주었다.
외로움을 닦아주었다.

보여주지 않은 마음
나타나지 않은 모습
그것만이 속상해서 애타고
갖은 상상으로 나만의 선경仙境을 본 것

또 한번 빈방에 채운 부질없는 욕심들
이 슬픔마저 벼랑 끝에 남겨진 호사豪奢였음 에라.

가지마
가지마
훨훨 떠나가지 마오.
별도 아직 떠있고
달도 이제 오르려는 데
허허벌판의 앞가슴 돌부리에 걸치면
내 바다로 갈 날은 없다오.

또다시 너를 그리며

– 사랑 회복기

당신 속으로 난 길을 걸어가기로 하였습니다.
여윈 미소가 시간 속으로 녹아내리고
지울 수 없는 이야기들이 여물지 못하여 시들어 있고
회오悔悟의 아픔이 뼈서리 치고 있는 그 길을.

있는 힘을 다해
가도 가도 없는 길
볼 수도 잡을 수도 없는 길
돌아오지 않는 길에
어둠을 토해 놓고
영혼의 씨앗을 심을 곳을 찾아
생명의 꼬투리를 챙겨.

이제 미로는 보이지 않을 겁니다.

밤새 캐던 어둠,
상처가 마르는 아픔,
창을 닫고도 두려워 커튼을 치는,
문을 열지 않겠다던,
다시는 보지 않겠다던 마음의 다짐.

이제 매듭을 풀고 오십시오.

기다리던 사랑 찾아
그립던 사랑 찾아
가슴 풀어 오십시오.

큰 사랑

깨끗한 물
신선한 공기
따사로운 햇살
사랑스런 그대가 없으면
나는 존재할 수 없습니다.

영원히 살 수 없는
삶의 바다를 혼자 건너기에
너무 외롭고 고독합니다.

내 힘으로는 할 수 없는 것이
너무 많으며
내 마음의 문은 닫혀있고
내 지혜의 눈은 감겨 있습니다.

먹고 자고 일하는 것이
산다는 의미라면
내 의미의 의미는
당신을 사랑한다는 것입니다.

지금보다 더 나은 삶,
감사의 삶을 살기 위해서입니다.
당신을 사랑하는 이유가 될까요.
내 존재의 의미가 될까요.

여행旅行

가자
도시가 답답한 날에
분주한 하루를 털고
남쪽으로 출발하는
버스를 타자.

옛 고향의
정취를 그리며
가슴은 작아도
감싸 안을 마음 부풀려
햇살 열린 길을 달려가자.

다가와서 멀어지고
사라졌는가 하면 밀려오는 풍경들.
사슴뿔 같은 나뭇가지 사이로
은비늘 반짝이는 강물,
바람 부비는 갈대의 소리가
가슴에 와닿고,

황금빛 노을이 비치는 들녘
억새의 하얀 손들이
기울어진 하늘을 떠받칠 때
삶을 이탈한 삶 속에
서성이던 마음
어느덧 환한 꽃이 핀다.

폐업 기념

폐업 기념 사은품으로
수건을 돌리자.
그동안 돌보아주었던
조합장님과 높은 분께는
좀 좋은 걸로.
오신 손님 매력 주고
가신 손님 미련 드렸잖아.
직원에게는 폐업 상여금 주어야지.
수고 많았지.

홀가분하게 가자구.
보이는 것만큼 진실하게.
결혼식 때 오신 손님들 다 오실까.
이혼식장에 오신 부부 바뀐 부부도 있을 거고
홀로 된 분도 있을 게야.

세상 좋아 태어난 것 아니었고
사는 동안 슬픔이 더 많았지만

다음 세상에서는 웃으며 태어날 거야.
나눠 줄 얘기 이젠 접어.

돌아서면
제사상은 받을 수 있겠지.

매화 향

햇살 널린 바다를 내려다보며
달아공원* 오르는 길
바다 내음 뚫고
밀려온 향기에 놀라
화들짝
정신이 아뜩하다.

바다내음에 익숙했던 코가
천상의 내음을 맡은 듯
온몸에 짜릿한 쾌감이 흐른다.

고개 들어
먼 다도해로부터
눈길을 비춰오다
솔밭 백자빛 앞에서 멈추었다.

매화나무에 꽃이 만발하다.
눈부신 빛
휘감기는 향기
부지런한 꿀벌들의 애무가 한창이다.

긴 겨울 님 그리며
틔웠을
새하얀 여인의
속뜻이여

님은 향기로 오고 있었다.

* 경남 통영 달아공원.

가는 길

가려는 길은 많고,
가야 할 길은 정해져 있는데,
이 길을 가다 보면
저 길이 보이고,
저 길을 가다 보면
이 길이 그 길 같고,
그 길이 이 길이요,
그 길도 저 길인데......

이 길을 굳이 가야만 한다면,
안 가려해도 가게 될 길이고,
가려고 노력 안 하든 덜하든,
길이 있기 때문에 가는 길인데,
걸어가도
달려가도
하나로 가는 길.

앞서가도
뒤쳐져가도
그 길로 가는 길.

참 세상에는 길도 많다.
사람만큼이나.
욕심만큼이나.

뭐라 해도 가는 길.
엎어지고
코 깨지든
기어서라도
마찬가지로 가는 길.

누구라도 가는 길.
네 길도 없고
내 길도 없는
우리 모두 가는 길.

사랑과 시詩

마주 보며 외로움을 달래는 것.
돌아서서 서로의 그리움을 보는 것.

마음과 생각이 불타고
그리고
그리고
그 남은 언어言語.

3부

장미의 노래

장미의 색은 황홀하다.
살아 있는 불꽃처럼
붉게 타오른다.

장미의 향은 유혹이고,
속살은
사랑의 체온처럼 부드럽다.

그러나
가시는 냉혹하다.
그 끝에 매달려
젊은 숨 하나 꺾이던 날,

붉은 피가 대지를 적셨다.
그 피의 주인은
아도니스.

사랑의 여신 아프로디테는
그 곁에 엎드려
하늘보다 깊은 울음을 흘렸다.

눈물은 피와 뒤섞여
붉은 꽃잎이 되었고,
상처 난 땅 위에
처음의 장미가 피어났다.

피의 색은 꽃이 되고,
눈물의 소금기는 향기가 되고,
비명은 바람 속 노래가 되었다.

한 송이 지면
또 한 송이 피어나고,
사랑이 쓰러지면
그 자리에서 다시 사랑이 움튼다.

그러므로 장미는
죽음의 증거가 아니라
되살아나는 사랑의 상처.

피는 스러져도
봄은 돌아오고,

눈물은 마르나
붉음은 남는다.

장미의 노래는
비명의 끝이 아니라
다시 피어날 것을 약속하는
순환의 서약이었노라.

* 아도니스(Adonis) : 그리스 신화에 나오는 미소년.
* 아프로디테(Aphrodite) : 그리스 신화에 나오는 미와 사랑의 여신.

기차

기차는 달린다.
태어남이라는 플랫폼을 떠나
죽음이라는 종착역을 향해.

왔던 길을 되짚는 듯 보여도
실은 한 번도 같은 자리를 밟지 못한다.

아침은 유년이고
정오는 청춘이며
해 질 녘은 중년,
밤은 노년이다.

봄은 설렘이었고
여름은 욕망이었으며
가을은 책임이었고
겨울은 정리였다.

창밖의 풍경은
잡힐 듯 스쳐 지나가고
붙들려 한 사랑은

역 하나를 못 넘기고 내린다.

누군가는 내 삶에 올라
잠시 웃음을 두고 가고
누군가는 눈물을 흘린 채
말없이 사라진다.

같은 객실에 앉아도
각자의 목적지는 다르고
같은 방향을 본다 해도
같은 미래를 보는 것은 아니다.

우리는 함께 달리지만
각자의 좌석에 묶인 채
자기 몫의 시간만을 소비한다.

선로는 이미 놓여 있고
신호는 이미 정해져 있다.
빨간 불 앞에서는 멈추고
푸른 불이 켜지면 달릴 뿐.

선택이라 부르던 것들조차
시간표 속에 끼워 맞춰진
지연과 통과의 차이일지도 모른다.

탈선은 사고라 부르고
순응은 성실이라 부른다.
그러나 끝내
모두가 같은 종착역에 선다.

기차는 달린다.
되돌아갈 수 없다는 사실을 알면서도
뒤를 돌아보는 법을 배우며.

삶은 그렇게
앞으로만 가는
왕복 없는 노선이다.

개똥밭에 굴러도……

남들이 쉽게 목숨을 끊는 일을 보면
그들은 하나 정도의 목숨을 샘플*sample*로 가지고 있는
것 같은데,
왜 나는 하나인가.
두 개가 있으리란 믿음을 가지고
한번 죽어보기로 했다.

배를 타고 새벽에 중국 산둥반도에서
닭 웃음소리가 들려온다는
신안군 우이도 상산에 올라가
나뭇가지로 땅을 팠다.
여섯 자 길이에 두자 폭, 넉자 깊이로.

푸른 낙엽을 깔고 들어가 누웠다.
사각四角의 푸른 하늘만 눈 시리게 보이고
저만치 발끝을 돌아
얼굴에 긴 울음을 휘저으며 도는 바람에
쌓아 올린 흙이 간간이 떨어져 내린다.

눈을 뜨면 흐르는 침묵의 강,
눈 감으면 흐느끼는 마른 목숨,
아득한 죽음 같은 안식.

하늘은 저렇게 저렇게 고운데
살아있어도 언젠가는 가야 할 길을,
죽음이 잠시 빌려 준 시간을,
나는 이렇게 이렇게 어설프게 살고 있구나.

새파랗게 떨며 다시 태어난
저 네 시간의 빈자리
세상의 그 무엇으로 메울 수 있을까.

추성부(秋聲賦 : 가을 소리)

도다닥 도다닥
누가 오는 소리인고?
이 푸른 새벽
문 두드리는 소리는.
아하, 바람이 몰고 가는 빗소리였구나.

휘이흐 흑흑휘
누가 우는 소리인고?
이른 잠 깨운
양철지붕 위 흐느낌은.
아하, 바람에 실려 가는 가을 소리였구나.

미소微笑

85

밤하늘이 아름다운 것은
별들이 반짝이기 때문입니다.

우리의 삶이 향기로운 것은
사랑이 있기 때문입니다.

당신이 빛나는 것은
늘 미소를 잃지 않기 때문입니다.

시인과 은행銀杏

시인이세요?

새도 외면하는
구리구리한 언어를
황금빛 수사로 포장해 놓고

가을이라 향기롭다
우기는 사람.

겉은 눈부시고
속은 밟히면 터지는
질척한 자의식.

아, 원原시인이시군요.

시인이세요?

상투어 몇 개 갈아 끼우고
해체니 전복이니
간판을 바꿔 달아

의미의 알 속에
또 다른 알을 숨겨두고
심오하다 속삭이는–

아, 신新시인이시군요.
신神처럼 군림하다
신身 하나 건사 못 하는.

문단의 가로수 아래
노랗게 매달려
서로의 냄새를 향수라 부르며
손뼉 치는 우리.

그 '우리' 속에
슬그머니 끼어
고개를 끄덕이던 한 사람.

바로 나.

밟히면 시대를 탓하고

냄새나면 독창이라 우기고
썩어가며 성숙이라 번역하던

나 역시
가을 한 철 반짝이다
사람들 발밑에서 터지는
은행 한 알.

시인이세요?

묻던 입을 다문다.
발밑에서 터지는 냄새―
그 은행,
나였다.

한 해를 보내면서

반딧불이만 한 지혜로
찬란한 별빛까지는 못 가더라도
또 한 해를 배우며 살았다.

부드러운 말씨
친절한 배려
따뜻한 미소를 다 가지지 못했으니
입을 닫고 혀를 깊숙이 간직하리라.

저물기 때문에 새벽의 탄생이 있고
밝음이 있기에 어둠이 사라진다.
나이는 모든 것을 훔치나
마음만은 뺏기지 말아야겠다.

행복은 나를 사랑할 때 찾아오므로.

너를 닮은 겨울

살을 에는 바람이 맵다.

겨울 하늘은 서슬같이 시퍼런데
그 아래를 걷는 나는
하얀 길 위에 서 있어.

소나무마다 내려앉은 눈이
너의 기억처럼 소복이 쌓이고,
눈부셔 살짝 감은 눈 안에
네 얼굴이 스쳐가.

"춥지?" 하고 웃던 너,
아무 말 없이도 따뜻했던
그 겨울의 어느 날이
이렇게 또 나를 울게 해.

하얀 입김 내 불며
두 볼을 감싸 쥔
웃음 띤 네 모습이 떠오르고

간간이 불어오는 고추바람에
조각난 눈물 자국.
보고 싶다.
미치도록.

모든 것이 얼어붙은 이 계절에
너라는 이름의 따뜻한 기억,
피어오르는 네 미소가
나를 버티게 해.

문산文山의 봄

고운 햇발은 온 거리로 내리고
앞산에 번지는 연한 푸르름
화사한 풍경들은 내 눈에 머무는데
겨울 등에 업혀가는 서운한 봄.

임진강 바람은 아직 차고
논둑 끝에 맺힌 물빛은 떨리는데
봄은 벌써 제 몸을 반쯤 거두고
다음 계절의 어깨를 빌려 떠날 채비를 한다.

꽃은 피어도 오래 머물지 못하고
햇살은 따뜻해도 어딘가 비어 있다.
오는 것보다
가는 것이 먼저 보이는 계절.

나는 그 길목에 서서
붙잡지 못할 것들을 바라본다.
문산의 봄은
아름다워서 더 짧다.

* 문산(文山) : 경기도 파주시 문산읍

유혹誘惑

열차가 왔다
탈까 말까

흔들리면 지는 것

시간을 굴리며
열차는 떠났다.

휴가를 냈다
떠날까 말까

두드리면 열릴 길

마음을 꿰매며
휴가는 지났다.

아아
유혹은
결단을 미루는 달콤한 핑계,
행동하지 않은 자의 기록.

下山(하산)길 개망초

쉴 듯 쉴 듯
빗금 치는 장맛비
산허리 두른 물안개
퍼득이는 시냇물의 흰 군무群舞

인기척에 휠렁이는 개망초

바람의 몸짓으로
비의 몸짓으로
한꺼번에 흩어져
흐드러졌구나.

초롱초롱한 눈 뜬
무수한 얼굴들이
개울가에 앉았다.

꿈틀거리는 아우성!

말없이 살아 있는 생각들이
돌아갈 길을 잡는다.

5월 밤 숲길

구름 머금은 별빛 반짝이고
꽃잎 띄운 냇물 흐르는 밤.

보리밭 건너온 바람도 내려앉아
오랜 적막 홀로 쉬는 숲길에

복사꽃 향기 이슬로 스미고
찌찌찌, 새 옹알이 번지네.

경칩驚蟄

"겨우내 너무 잤어."

잠에서 깬 개구리들이
푹푹 찐 살을 흔들며
헬스*Health*장으로 모여들고 있다.

반영反影

지나온 시간은 행복만 보이는 것 같다.
기억의 갈피마다 행복한 시절이 잉태되어 있고,
고만고만한 밝음들이 출렁이고 있다.

저 수면에 반사되는 빛은 어두움의 원류인가.
오래 전의 아름다움이 비명을 지르고 있다.
거짓 표정은 아니지만 뭔가 굴절되어 있는
진지하지 못한 어설픈 표정.

사라졌던 날들이 신기루처럼 다가온다.
시선을 따라가지 못하는 추억들이
조각조각 내 몸에 박히고 있다.

창가의 작은 새

비를 피하여 날아든 작은 새
젖은 깃털을 떨며 숨을 골랐다.

조용한 창가에 앉아
세상의 소음을 잠시 잊고
나와 눈을 맞췄다.

나는 말을 하지 않았고
새도 노래하지 않았다.
그저 함께,
잠시 머문 시간 속에
따스한 포근함이 피어났다.

그러나
세상은 다시 움직이고
큰 바람은 머무는 것을 허락하지 않아,

작은 새는 떠났다.
하늘 멀리,
바람 끝에 실려.

남은 건
깃털 한 점과
마음속에 스며든
보드라운 온기溫氣 하나.

버스에서

살다 보니 못 보던 것들이 점점 많아지고 있다

나는 어린아이였었는데
고맙기도 해라
누가 만들었을까 노약자석

"꿈이 있어 아름다운" 이삿짐 차가 가고
"수술 없이 디스크를 치료하는" 병원이 생기고
"아직 하지 못한 말... 엄마 사랑해" 연극이 상연되는 이 거리

"집이 없어 슬픈"
"열심히 일한 당신"
"좋은 일이 있을 겁니다"

오늘 속으로
나를 밀어 넣는 말,
그래도
세상을 사랑해.

눈물의 꽃

네가 가져가는 세상에
아쉽고 손때 묻은 추억들
두고 갈 것이 많겠지.
아니
가져갈 것이 많겠지.

하지만
즐겁고 아름다운 기억만
가지고 가.
웃으며 가.

아픔은 이곳에 남겨
찢어지는 슬픔은 내 몫이니까.

안녕
내 사랑.

아버지 산소를 가며

화창한 한여름
밤꽃이 활짝 핀
야트막한 동산 아래
고요한 마을

학교 가고
논밭으로 일 나간
한낮의 빈 마을엔
대문 앞에 길게 늘어져 졸고 있는 개 두 마리가
정지된 풍경을 채우고 있다.

짙은 풀 향을 그득 머금은 바람이 스쳐 간다.
어느 집에서 울리는 괘종시계 소리가
마을 길을 나와 멀리 산자락을 돌아간다.

밀폐되었던 가슴 한구석이
그 어릴 적 살았던 동구 밖 논두렁을 달려간다.

아부제~
‘콩알탄’ 모자를 쓰고 생시의 모습으로 논일을 하시는
그 모습
왔냐 힘들제?
나의 마음이 흔들릴 때마다 격려해 주시던 말씀

흐르는 세월만큼 그리움만 사무치고
외로운 가슴속은 눈물에 젖어든다.

* 콩알탄 : 논 제초제

바람의 길
－ 그대에게 이르지 못한 마음

바람이 지난 자리에
그대 숨결이 남아 있었소.
나는 그저 그 길을 따라
말없이 걸었을 뿐이오.

햇살은 저리도 따사로운데
내 마음은 왜 이리 시린지.
그대가 떠난 그날 이후
꽃도 피어 슬퍼 보이오.

잊으라 하신 말
바람에 실려 천 번을 들었건만.
잊지 못한 마음은
저 구름 뒤에 숨겨 놓고.

밤이면 별빛을 삼켜가며
그대 이름, 조용히 불러보오.
바람이 들려줄까 하여
그대 꿈결에 닿을까 하여.

이 길 끝, 아무도 없어도
나는 오늘도 걷겠소.
그대가 머물던 그 바람의 길
그대가 다시 올지도 몰라서.

염인厭人

딩동 딩동.
뉘시오, 사람이면 물러가고 귀신이면 들어오시오.

다음 생(生)에나 한번 들리시오.

찾아올 사람이 없다.
사람이 싫다.
그래도 외로우니 귀신이면 좋겠다.

* 염인(厭人) : 사람을 싫어함.

4부

시계

너는 뭐가 불만이냐.
왜 늘 늦느냐.
남보다 십 분,
이제는 사십 분이나 뒤처진다.

석 달 전
남과 같은 시각에 맞추어 두었건만

태엽은 풀리고
침은 자꾸 어긋난다.
시간은 나만 비켜 간다.

가라, 가라.
차라리 멈춰라.

죽은 시계는
하루에 두 번
정확하다.

나는
이미
멈춘 시계다.

입추立秋

구슬로 영글던
땀을 꿰차고
떠나간 여름

보름을 살다 갈
텅 빈 골목에 울리는
시詩 같은 매미울음

먼 곳에서
새롭게 살아
돌아온 바람만이

가을의 하늘을
한 치씩 한 치씩
밀어 올리고 있습니다.

가족家族

나도 한때 남부럽지 않은 때가 있었다.
한여름 바다로 산으로 돌더니 나를 놔두고
가족들이 떠났다.

이글거리는 태양 아래 달궈진 아스팔트 국도國道를
가족의 자동차를 따라 죽어라 뛰었다.

"주인님 같이 가요."

싸늘한 에어컨의 물방울 자국만 남기고
그들은 그렇게 떠났다.
그 먼 곳을 찾아갈 수 없었다.

이렇게 떠돌아다니며 쓰레기 봉지를 뒤지며
밤에는 들로 산으로 도망 다녔다.

가을이 오고 겨울이 왔다.

어느덧 가족은 밤하늘의 먼 별로 사라지고
서러운 내 울음소리는 밤공기를 가르며
하늘로 하늘로 퍼져갔다.

찬 이슬을 덮고 풀벌레 소리를 들으며 잠들었다.
'왜 나를 버렸을까?'
지나간 행복하고 즐거웠던 추억들 속에 온몸을 뒤척였다.

구름 따라 바람 따라 떠도는 나날 속에
스쳐 지나가도 나를 두려워하는 사람들이 무섭다.
해가 뜨면 배고프고 달이 뜨면 서러운 나는 들개.

바람의 길 2

– 그대의 숨결을 따라

바람은 고요히 길을 만들고
내 마음 그 길을 따라간다.
산 너머 푸른 저녁노을
그대 그림자 어리듯 와닿는다.

다하지 못한 말들을
떡갈나무 아래 잠재우고,
흐르는 바람을 입맞춤 삼아
그대 이름 속삭이는 이 저녁.

가는 길 어두움 짙어지면
내 마음도 지친 구름 되어,
바람의 길 끝자락에
조용히 멈추어 서리라.

그대여, 들리오?
바람이 들려주는 그 말,
"사랑은 멀어도 피는 꽃"이라
지나온 마음도 봄 따라 피어나네.

정신병동精神病棟 시인詩人은

금리놀이에 광고는 엄청.
푼돈 줍는 동전거지 만드는 인터넷은행 앱.

애견센터 옆 보신탕집.
세계 최대 보신탕 전문 레스토랑.

세계평화 궁전 작두장군 교회.
진신사리와 세마포 보혈의 DNA로 자비와 사랑의 복제를.

세계 최초 주야간晝夜間 맞교대 대통령.
해저 침몰 그 나라 신사 참배神社參拜를 꿈꾼다.

제 주장만 옳고 상식이 파괴되는 정신병동精神病棟에서.

인샬라.
할렐루야.
나무아미타불 관세음보살.

니 요양원 도망나왔니?
앙이, 내 정신병원 탈출했지비.

신·불·자信用不良者의 만감萬感

영등포 신용회복 지원회를 오르는 승강기에
유서遺書를 써 가지고 다니는 남자가
유서遺緒 같은 붉은 머리띠에
'단결투쟁'이라는 조끼를 입은 사내와 동승했다.

강렬한 눈빛
불끈한 팔뚝에
배고픈 흔적
가난한 슬픔을 거두려는 아픔이 상존尙存하는 공간
교차된 눈길은
천장과 발끝으로 멋쩍게
서로의 유감有感을 널어놓는다.

네가 보내는 하루하루는 삶의 투쟁이지만
내가 지내는 하루 또 하루는 숨만 빌린 삶이다.

다람쥐 쳇바퀴 돌 듯한 일상에서
직장의 장점보다 흉이 커 보이던 불만
내 약점과 허물은 남의 눈에 아름다웠을까.

이가 없으면 잇몸으로도 되었고
나 없어도 세상은 잘 돌아가는 것을.

이루십시오. 꼬옥.
투쟁도 부럽고
얻는 것 구하겠다는 것에 마음 보태오.

이력서履歷書 없는
백수白手에겐 욕심이었소.

* 유서(遺緖) = 유업(遺業) : 선대(先代)부터 이어온 사업.

시간의 제단祭壇

우리의 생각은
하루하루 시간에게 바쳐진다.
침묵 속에 놓인 그 제단 위에
소망과 후회의 조각들이 올려지고,
대신 추억 몇 점,
그리고 잊음의 안개를 얻는다.

기회는,
길목에 오래 머문 자의 품으로 스며들고,
바람이 지날 때마다
간절함은 더 단단해진다.

어둠이 있어,
달은 제 얼굴을 밝힐 수 있고,
텅 빈 밤하늘이 밀려가는
오늘은 또 다른 과거가 된다.

모든 기다림은
빛나는 시작의 전주곡.
시간에게 바친 우리의 하루가
내일을 물들일 것이다.

고픈 아버지

늘 아버지는 고프셨다.
교만하고 오만한,
지적知的 허영虛榮에 취한 이들을
거두어 손 아래 두고 싶으셨다.

명예도 고팠고
돈도 고팠다.

웃음에는 상쾌함이 없고
눈물조차 시원치 않던 날들,
머리끝에 스며든 세상의 그림자
가슴 깊이 밴 세상의 냄새.

아버지는 늘
무언가를 삼키고도
허기지셨다.

장닭, 빗속에 울다

바람에 밀린 비가
거리의 소음을 흡입하는데

꼬끼요
검은 울음 길게 내 뿜는
어린이집 장닭만이
한 낮의 침묵을 허무네

바뀌어진 자유가 그리워
혼자 지켜온 시간이 서러워

아니요
외로움을 덜려고 웃어 보았어
웃음소리에 행복이 들여다 보고
울음소리에 불행이 들여다 본다기에
웃었지
웃어도 운다고만 하더군

알아줘
눈물마저 마른 울음은

새벽으로 깨던 노래였음을
두 발은 땅에 있지만
하늘을 날던 때가 있었음을

지저귀는 노래에
죽지 큰 날개 달고
툭 트인 하늘
날고 싶어.

무경계無境界

물이 되기 전,
나는 형체가 없었다.
그보다 먼저,
나는 '있음'조차 아니었다.

질문은 늘 대답보다 오래 살고
대답은 늘
다음 질문의 시체가 된다.

나는 무無의 경계에서
무無로 향한다.
그러나 무無는 경계조차 허락하지 않는다.

시간은 선線이 아니다.
동일한 점點이 무한히 반복되며
다르게 읽히는 착각일 뿐.

나는 오늘도 '나'라는 허상을
다시 입는다.

살의 온기를 가장한 인식의 거죽.
허공은 그것조차 기억하지 못할 것이다.

그러므로 사라진다.
아무도 부르지 않은 이름으로
아무 곳에도 닿지 않는 걸음으로
지금, 여기에 없는 자者로.

도자道者를 생각하며

바다를 뒤로 하고 떠나옵니다.
돌아오면 항상 선명합니다.
바다가 생각납니다.
한 사람을 생각합니다.

푸른 바다 따스한 배려
눈부신 햇살 환한 얼굴
출렁이던 파도 설레던 기쁨
시원했던 바람 절제된 마음
불꽃놀이와 La cumparsita

규칙은 만드는 게 아니라 지키는 것이 중요합니다.
관습을 지켜야 하는 현실
도덕을 두려워하는 양심
세상을 등지고 싶지 않은 삶
세속을 떠나 무상無相으로 환원하고픈 갈등

그런데

그런데

나머지 50년을 어디에 뜻 붙일고?

나는.

* La cumparsita(라 쿰파르시타) : 알젠틴 탱고의 명곡으로, La
cumparsa(라 쿰파르사)라는 가장행렬이나 카니발 등 축제가 끝난
뒤의 쓸쓸한 정서, 공허함을 나타냈다.

홀로 가는 길

둘이 왔던 길
나 홀로 가야만 하는가
시린 바람 어이 맞으라고
내려앉는 하늘 어떻게 받치라고
이렇게 가는가
그대.

웃으며 다녔던 길
울면서 가야만 하는가
저 긴 날 어이 보내라고
나 닮은 네 마음 어떻게 잊으라고
이렇게 가는가
그대.

[고어체 시조]

푸른 새벽 빙소리

푸른 새벽 빙소리 창 앞에 고이 드니
훈여름 더위 가고 서늘 바람 이는 듯
가을빙 밍힌 하늘 끗 정회情懷가 무르도다

(현대어)

푸른 새벽 빗소리 창 앞에 고이 드니
한여름 더위 가고 서늘 바람 이는 듯
가을빛 맺힌 하늘 끝 정회情懷가 무르도다

* 정회(情懷) : 가슴에 사무쳐 오는 정과 회포.
* 무르도다 : '-도다'는 고어의 서술형 어미로, 현재형(혹은 서술적 감
  탄) 어미. 무르익었다의 의미.

자주 보는 꿈

밭두렁 길을 걸어오고 있다.
흙을 어루만지는 봄 햇살이 뜨겁다.
얼마나 굶고 걸었는지 모른다.

어디서부터 오고 있었는지도 모르겠다.
다 헤진 도포에
찢어진 갓을 쓰고.
이 밭만 지나면
내 초막으로 접어드는 산길인데.

예닐곱 마리의 승냥이가
언제부턴가 따라왔다.
놈들도 며칠을 굶었을 게다.
나를 따라온 지 며칠째다.

갈증이 심하다.
힘도 없고 하늘이 노랗다.
기력을 다했다.
더 이상 움직일 수가 없다.
초막이 올려다보이는,
밭이랑을 베고 누웠다.

아지랑이가 아른거리고,
내가 날고 있다.
초막 아래 밭둔덕에서
내 몸을 뜯어먹고 있는
승냥이들을 보며,
잠에서 깨어난다.
늘.

평생 앓지도 않는 건강한 몸인데,
한번 앓으면 열과 땀과 같은 꿈을 꾼다.
시대도 장소도 인물도 배경도 늘 같은 꿈.
10대에 첫 꿈,
2~30대에 두어 번,
4~50대에 서너 번,
지금까지 똑같은 꿈을 꾼다.
꿈 갈피 해두었는지.
데자뷔(Déjà Vu) 되는 꿈.

* 데자뷔(Déjà Vu) : 한 번도 경험한 일이 없는 상황이나 장면이 언제,
  어디에선가 이미 체험한 것처럼 느껴지는 일.
  기시(旣視)체험, 기시감(旣視感).

허상虛像의 자리

그대,
심연深淵이 먼저였다는 걸 기억하는가.
빛은 단지 어둠이 부서진 파편이었고
우린 그 부스러기에
존재를 조각내 걸었을 뿐.

말[言]은 공기를 지나며 부서진다.
귀에 닿기도 전에
이미 반쯤은 죽어 있다.
그러니 우리가 이해했던 건
언제나 착각이었다.

나는 한 번도 나였던 적이 없다.
가면은 벗어지지 않았고
얼굴은 처음부터 없었다.
다만 누군가의 시선이 만든
덧없는 실루엣*silhouette.*

절망이란,
더 이상 잃을 것도
기댈 것도 없다는 고요.

그래서 웃었다.
비명을 잊은 입술로.
죽음은 끝이 아니고
삶도 시작은 아니었기에.

문산文山의 가을

푸른 새벽 밝은 달빛 아래로
기러기들이 남으로 남으로 줄지어 날아가고,
천변川邊엔 억새와 갈대들이 하얗게 흔들리네.

보기만 해도 풍성하게 고개 숙인
황금빛 논은 아직 벼베기가 시작도 안 됐는데,
넉넉한 가을맞이에 마음은 덩달아 벅차오르네.

뻐꾸기와 소쩍새가 떠난 뒷산에
상수리와 키재기 하던 밤송이들은 껍질을 열었고,
아이야, 날이 밝으면 밤 주우러 가지 않으련.

갈대의 사랑

내 너를 그리워함에 있어
욕망 따위는 추호도 없이
산처럼 물처럼 바람처럼
네 영혼의 잔해처럼 살다 가려 했다.

빗줄기에 살랑이는 여름 아침에
이슬방울에 빛나는 햇살 속에
한들한들 하늘거리며
푸른 창대를 잡고 있었다.

자기 아집我執대로 세상 산다는 게
연록의 향기와 섶비빔질 앞에서
나직나직 속삭이는 청강淸江의 소리에
늘 맞대던 풀벌레와 짱뚱어가 부러웠다.

내 추억 속에 당신을 가둬두고
화사한 솜털의 간판을 달고
흔들리기 위해 속을 비워 두었으나
너 아닌 사랑은 부러지기만 한다.

노벨*Nobel*은 울고 있다

카드 한 벌을 뒤집으면
동전은 웃고, 검은 번뜩이며,
성배는 비어 있고,
곤봉은 여전히 맞을 준비를 한다

칭찬 한 마디면
고래도 춤춘다지만
누군가에겐
폭풍도 박수처럼 들린다

평화는 늘 말끔한 양복을 입고
전쟁의 냄새를 향수로 덮는다
상은 주어지고
피는 지워진다
기록은 깔끔하게 편집된다

푸른 땅은 지도 위에서만 푸르고
섬뜩함은 늘
타인의 창문 앞에 놓인다

마약이라 부르면 봉쇄가 되고
핵이라 부르면 정의가 된다
그리고 그 모든 끝에
누군가는 평화의 이름을 쓴다

차라리
못난 자에게 떡 하나를 더 주고
골난 바보의 등을 두드려 주었다면

검은 덜 빛났을 것이고
곤봉은 덜 휘둘러졌을 것이다

하지만 우리는 안다
이 게임에서
칭찬은 전략이고
평화는 카드이며

패를 쥔 자만이
웃는다

영야永夜 메타버스*Metaverse*

태양의 입이 검게 찢어져
블랙홀*Black Hole*의 어금니 속으로 함몰陷沒한다.

지구의 뼈대는 해체되고
하늘은 기호記號에서 삭제,
좌표 없는 공허空虛만 남았다.

0의 심장,
무無의 혈관,
죽음과 종말이 뒤섞인 점묘點描.

전쟁도 종교도 문명도
모두 낡은 데이터 조각처럼
메타버스*Metaverse*의 휴지통에 버려졌다.

아수라장의 잔향殘響마저 꺼지고
적막寂寞의 첫 울음이
진공의 귀를 찢는다.

남은 건

좌표 없는 빈 우주

빛조차 경유하지 않는 영야永夜.

* 메타버스(Metaverse) : '메타(Meta)'와 '유니버스(Universe)'의 합
  성어로, 초월적인 세계를 의미한다.
  이 개념은 처음으로 공상과학 소설 '스노우 크래시(Snow Crash)'에
  서 사용되었으며, 3D 가상 세계를 나타낸다.
  메타버스는 컴퓨터 그래픽과 인공지능 기술을 통해 실제 세계와 거
  의 똑같은 가상공간을 만들어내는 것을 의미하며, 초기에는 단순
  한 3D 가상현실 공간으로 시작되었다.
  웹상에서 아바타를 이용하여 사회, 경제, 문화적 활동을 하는 따위
  처럼 3D 가상 세계와 현실 세계의 경계가 허물어지는 것을 이르는
  말.
* 블랙홀(Black Hole) : 새로운 천체를 '블랙홀(Black Hole)'이라 불
  렀다.
  그 천체는 표면이 없고, 어떤 영역의 내부로 떨어져 들어가면 강한
  중력으로 아무것도 그곳을 빠져나갈 수가 없다.
  그 영역은 빛조차도 탈출할 수 없기 때문에 암흑의 세계이다.

사유 깊은 재치로 빚어낸 시적 장치

•

박종래

시인 문학평론가

암흑 속 10여 년 애벌레기가 없었다면 한여름 청아한 매미 소리를 들을 수 있었을까. 성충기에 들어 고작 1,2주를 산다는 매미, 사람으로 보면 70~100세까지로 비유해 볼 수 있다.

작가에게도 그런 미성숙의 시간의 흐름에서 매미의 성충기처럼, 심연의 사유를 거듭한다. 그리고 양파와 같은 퇴고의 껍질을 벗고 일어섰으리라.

詩는 自我 내면을 닦는 거울이라 칭하면 걸맞을 것이다. 노천명의 시 「사슴」에서 "물속에 비친 제 그림자를 들여다보고"는 바로 自我發見이 아닐까.

그처럼 이명신 시인은 이미 2권의 시집을 상재한 바 있다. 하기에 다소 능숙하고 거기에 위트와 사회현상을 꼬집을 줄 아는 재치가 있다. 좋은 시란 감각에 의하여 획득한 현상이 마음속에서 재생되어야 한다. 바로 이미지 구현이다. 읽는 이의 가슴에 울림을 던져주는 것이다. 시의 울림이란 바로 이미지를 형상화한 내용의 힘과 연동된다.

바탕을 이루는 힘이 절실하고 시각적일수록 독자의 가슴에 연서 한 편씩 담아주며 은은하게 울려준다. 보신각이나 대웅전 앞에 큰 종을 보라. 은은하고 멀리 퍼져 나간다. 한국의 종이다. 바로 우리가 자유롭게 표현할 수 있는 훈민정음의 글발이다.

현대에 이르러 함축된 짧은 시들이 인기가 있다. 근래에 스마트폰의 사진 해상도가 좋아져 성행한 디카시가 인기다. 바로 일본에서 오래전부터 성행하는 17자 내외의 하이쿠시가 선두 주자로 비교된다.

이명신 시인의 글은 오묘한 농과 재치가 성찰로 이끌어 낸다. 그의 짧은 글일수록 도드라진 것을 엿볼 수 있다. 자신의 진실한 각성이 내포된 시적 진실의 글 속으로 들어가 몇 편을 골라 탐닉하기로 한다.

아지랑이 봄 햇살 속에
나뭇가지 끝 푸르름이 싱그럽고

보유스름한 들판 멀리 마을의 풍경
고향의 향수(鄕愁)처럼 부드럽다.

노을이 내려오면
사랫길이 무지개처럼 펼쳐지며
하늘은 붉은 불길에 살아 숨 쉬고
마음도 사늑하여 따뜻해지네.

이 세상의 빛과 색채가
봄 안에 담길 수 있는 것처럼
내 삶의 마음도 푸른 향기 따라
늘 새롭고 끌끌하기를 바란다.

– 「봄을 맞으며」 전문

4계절 중 봄은 3월 4월 5월을 기준으로 한다. 인동의 겨울을 지나 들녘에 기름진 봄 햇살이 큐피트화살 쏘아 대듯 내려온다. 이내 아지랑이가 곱사춤을 추며 하늘로 오른다. 덩달아 종달새가 겨우내 음지였던 곳까지 봄 햇살 물어 나르며 휘파람 부느라 신이 난다.

"아지랑이 봄 햇살 속에/나뭇가지 끝 푸르름이 싱그럽고/보유스름한 들판 멀리 마을의 풍경/고향의 향수(

鄕愁)처럼 부드럽다" 춤추는 아지랑이에 가려 선명하지 않고 약간 보얗게 들녘 속에 멀리 마을의 풍경은 고향의 향수로 순화되어 는개처럼 젖게 한다.

"노을이 내려오면/사랫길이 무지개처럼 펼쳐지며/하늘은 붉은 불길에 살아 숨 쉬고/마음도 사늑하여 따뜻해지네"들녘에 노을치마 펼쳐지면 사랫길이 일곱 가지 색상으로 그려진다. 하늘은 활활 환희로 타오르고 마음은 포근하고 부드럽게 가슴으로 들어오네.

"이 세상의 빛과 색채가/봄 안에 담길 수 있는 것처럼/내 삶의 마음도 푸른 향기 따라/늘 새롭고 끌끌하기를 바란다."봄이 되면 이 세상의 모든 빛과 색채가 무지개 타고 내려와 들녘에 뿌려지고 도랑가 개구리 배부른 산란을 한다. 이랑이나 고랑에도 푸른 펜촉이 파릇푸릇 솟아나는 봄을 맞이하며 끌끌해지는 이내 마음 그저 설레기만 하니 어이 하려나...

쥐약이나 좀약~
벼룩 약이나 빈대 약 있어요~
먹으면 즉사(卽事)하는 거,
맛보고 사요~

때깔 좋은 아파트 있어요~

자, 돈 내면 짓습니다~

짓기 전에 사요~

살다가 뼈 없으면 돈 대신 갈게요,

몇 년 살고 나오면 돼요~

이 무더위에 납량 특집(納凉 特輯)이냐?

턱없는 귀신 얘긴 들었어도,

뼈 없는 아파트 얘긴 정말 서늘하구나.

　　　　　- 순(純)살 아파트 전문

* 순(純)살 아파트 : 건물을 지으면서 철근이 누락 되어, 맨 콘크리트 기둥으로 안전이 심히 염려되는 부실 시공 아파트.

2016년 대만 남부에서 발생한 규모 6.4의 강진으로 116명이 매몰되어 숨진 빌딩도, 건물 벽 안에 철근이 있어야 할 자리에 식용유통과 스티로폼이 다량으로 발견되어 세계가 경악했었다. 이에 대만 매체에서 '두부가 부서지듯 붕괴했다.'라고 해서 "두부 빌딩"으로 불렸다.

대비해 1970년 4월 마포구 창전동 와우아파트 붕괴, 1994년 10월 서울 성수대교 상부 트레스 한 단 붕괴, 서울 서초구 1995년 6월 삼풍백화점 붕괴 사건, 한국의 3대 붕괴 사건이 비교된다. 대만의 붕괴는 남부에서 발생한 규모 6.4의 강진으로 인한 사건이라지만 양심을 말살시킨 결과를 보라. 건물 벽 안에 철근과 잘 섞은 콘크리트가 있어야 할 자리에 식용유통과 스티로폼이 다량으로 발견된 결과가 결국 수많은 인명을 앗아간 것이다. 우리나라 붕괴 사건은 약간 다르지만 결국 건축법 위반의 결과이다. 과다한 중량, 건물 증축 위반, 철근과 시멘트의 함량 부족은 결국 양심을 팔아넘긴 참혹한 결과였다. 우리는 위「순(純)살 아파트」전문에서처럼 가슴 속에 지은 양심의 아파트는 어떠한가를 빗대어 볼 일이다.

"때깔 좋은 아파트 있어요~/ 자, 돈 내면 짓습니다~/ 짓기 전에 사요~/살다가 뼈 없으면 돈 대신 갈게요,/ 몇 년 살고 나오면 돼요~//이 무더위에 납량 특집納涼 特輯이냐?/턱없는 귀신 얘긴 들었어도, 뼈 없는 아파트 얘긴 정말 서늘하구나". 글로 일갈하는 재치를 보라. 글 쓰는 이는 달콤한 이야기보다는 부조리를 논리적으로 파헤치고 지적하는 필력이 있어야 함을 입증한다.

조곤조곤,

도닥도닥,

창가를 두드리는 가랑비.

봄엔 연둣빛 숨결로,

가을엔 낙엽의 속삭임으로,

겨울엔 침묵의 노래로 내린다.

지친 하루의 끝자락에

쉼표 하나 던져주는

숙연(肅然)한 운치의 소리.

삶의 먼지 털어주며

한 줄기 고요를 건네는

다정한 위로의 손길.

– 「가랑비」전문

비의 종류는 다양하다. 가랑비를 중심으로 이슬비, 보슬비, 는개, 천둥번개를 동반하는 소낙비, 각자 특징이 있다. 아침햇살이 창문을 기웃거릴 때, 조곤조곤, 도닥도닥, 창가를 두드리는 가랑비의 청아한 소리보다 좋은 소리가 있을까. 산업이나 자연 공해로 떠다니는 공중의 미세먼지

가 가랑비라도 올라치면 깨끗하게 씻어내려 주어 그렇게 반갑고 고마울 수가 없다.

"조곤조곤,/도닥도닥,창가를 두드리는 가랑비.//봄엔 연둣빛 숨결로,/가을엔 낙엽의 속삭임으로,겨울엔 침묵의 노래로 내린다."
자연조건에 가장 필요하고 자주 내리는 비는 가랑비다. 이슬비보다는 조금 굵은 비로 생태계에 가녀린 잎새도 충분히 적셔주고 뿌리까지 자분자분 스며들게 하는 고마운 비다. 가을이나 겨울에도 종종 내려주는 가랑비 때문에 왠지 숙연해지고 센테멘털리즘에 빠져 보기도 한다.

"지친 하루의 끝자락에/쉼표 하나 던져주는/숙연肅然한 운치의 소리.//삶의 먼지 털어주며/한 줄기 고요를 건네는/다정한 위로의 손길." 메마른 대지에 가뭄이 계속되었을 때를 상상해 보자. "농자천하지대본"이라 여기던 우리 조상들은 기우제를 올려 갈망하던 비, 마침 먹구름이 일고 내려주는 그때의 빗소리는 어느 소리에 비교할 수 없을 것이다. 지친 몸과 마음에 쉼표하나 던져주는 숙연한 운치의 소리이다. 찌든 삶의 먼지 털어주며 한 줄기 고요를 건네며 보내주는 다정한 위로의 손길 이다. 비의 종류가 다양함은 사람의 성품과 같다고 보면 어떨

까. 소낙비에서 는개까지의 형태를 인간의 성격에 빗대어
비교해 본다.

가슴을 쪼개 피를 흘려 불러도
너는 다시 돌아오지 않는다.

세상 모든 길을 헤매어도
너의 발자취는 이미 지워지고,
내 두 눈 속 불빛도 꺼져간다.

저 별빛은 너무 멀고
고향조차 사라진 듯,
남은 것은 텅 빈 이름 하나.

저 나룻배는 알까,
내 품에서 빼앗긴 꿈의 무게를.
저 행인들은 알까,
짓밟혀 꺼져간 침묵의 비명을.

가는 넌 가고
남은 나는 무너져,
애간장이 다 타고
뼈마디마다 슬픔이 스며든다.

밤이 깊어 강가에 서면,
소쩍새 울음에 또 무너져
눈물 베개 삼아 눕는다.

사랑아, 사랑아—
내 심장에 묻힌 너,
내가 죽는 날까지
나는 매일 네 무덤이 된다.

이 세상에서 가장 아름다운 말은 사랑이 아닐까. 사랑이란 주고 싶고 받고 싶은 것이다. 그러기에 숭고하고 아름다운 것이다. 그러나 감정의 동물이라는 인간은 계산할 줄 알기에 주는 만큼 받고 싶은 것이다. 또한 비교할 줄 알기에 저울질할 수 있는 것이다. 진정한 사랑이란 받는 것보다 주는 것에 목적을 두어야 한다.

큐피트 화살이라는 말이 있다. 그리스 로마 신화의 사랑의 신(에로스/쿠피도)의 화살을 가리킨다. 맞으면 사랑에 빠진다는 상징으로 쓰인다. 하여 '큐피트 화살을 맞았다'는 표현은 첫눈에 반하거나 사랑에 빠졌다는 관용적 표현으로 널리 사용되고 있다. 사랑은 그렇게 달콤하고 싱그러워도 실연을 당하면 주었던 만큼 아쉬움이 따른다. "가슴을 쪼개 피를 흘려 불러도/너는 다시 돌아오지 않는다.//세상 모든 길을 헤매어도/너의 발자취는 이미 지워지고,/내 두 눈 속 불빛도 꺼져간다.//저 별빛은 너무 멀고/고향조차 사라진 듯,/남은 것은 텅 빈 이름 하나."지나치게 처연한 표현이다. 그만큼 작가는 실연의 아픔을 대신하여 표현했다. 어떤 이는 실연의 아픔에 못 이겨 자살을 시도한 자도 있고, 때론 극단적으로 배신한 상대를 죽이고 자신도 함께 죽는 경우도 있음을 신문 지상에서 본 바 있다. 그러나 진정한 사랑이란 뒤끝이 좋아야 한다. 놓아줄 줄 알고 사랑했던 만큼 잘 되기를 기원해야 한다. 어짜피 다른 인격체를 마음먹은 대로 되는 것은 아니다.

햇살 널린 바다를 내려다보며
*달아공원 오르는 길
바다 내음 뚫고
밀려온 향기에 놀라
화들짝
정신이 아뜩하다.

바다내음에 익숙했던 코가
천상의 내음을 맡은 듯
온몸에 짜릿한 쾌감이 흐른다.

고개 들어

먼 다도해로부터

눈길을 비춰오다

솔밭 백자빛 앞에서 멈추었다.

매화나무에 꽃이 만발하다.

눈부신 빛

휘감기는 향기

부지런한 꿀벌들의 애무가 한창이다.

긴 겨울 님 그리며

틔웠을

새하얀 여인의

속뜻이여

님은 향기로 오고 있었다.

- 「매화 향」 전문

　　매화나무 과에 속하는 매화나무는 벗나무와 비슷하
다. 나무 전체는 벗나무보다 작다. 벗나무는 크기가 20m
에 달하기도 하지만 매화나무는 5~10m까지 성장한다.
열매는 매실이라고 하고 식용과 약재로도 많이 쓰인다.

꽃 색상은 분홍, 흰색으로 구분된다.

매화는 산수화나 동양화에 주로 그려지며, 조선시대 암행어사 모자 어사화에 사용된 선비답고 숭고한 꽃이다.

기후 온도에 따라 남쪽에서는 3월이면 개화한다. "햇살 널린 바다를 내려다보며/*달아공원 오르는 길/바다 내음 뚫고/밀려온 향기에 놀라/화들짝/정신이 아뜩하다."경남 통영의 달아공원 일몰의 광경은 장관이어서 많은 관광객이 찾는다. 때마침 일몰의 햇살이 널린 바다를 내려다보며 짜스름한 바다 내음 뚫고 밀려온 매화 향기에 취해 정신이 아뜩하다.

"고개 들어/먼 다도해로부터/눈길을 비춰오다/솔밭 백자빛 앞에서 멈추었다.//매화나무에 꽃이 만발하다./눈부신 빛/휘감기는 향기/부지런한 꿀벌들의 애무가 한창이다.제주에서는 노오란 유채꽃이 만발할 즈음 통영에서는 매화나무에 꽃이 개화되어 향기가 은은하여 고을 전체가 향기에 취한다. 윤슬에 반짝이는 일몰의 낙조, 매화 향에 취한 부지런한 꿀벌들의 암술 수술 만지작 만지작 애무가 한창이다.

"긴 겨울 님 그리며/틔웠을/새하얀 여인의/속뜻이여//님은 향기로 오고 있었다." 긴 겨울 눈보라 이겨내며 하얀 천사들의 속 마음을 알아채고 자연의 임은 봄바람 옷 입고 향기로 오고 있었다.

도다닥 도다닥
누가 오는 소리인고?
이 푸른 새벽
문 두드리는 소리는.
아하, 바람이 몰고 가는 빗소리였구나.

휘이흐 흑흑휘
누가 우는 소리인고?
이른 잠 깨운
양철지붕 위 흐느낌은.
아하, 바람에 실려 가는 가을 소리였구나.

-「추성부(秋聲賦 : 가을 소리)」전문

여름내내 푸르르도록 탄소동화작용으로 푸른 떡방아를 찧고 뽑내던 나뭇잎들, 10월에 들면 누룽지 볶아내듯 산 위에서부터 갈색의 유니폼을 입고 서서히 내려온다. 나뭇잎은 영양공급 실어 나르느라 온 정성을 다하던 잔가지에게 보은하기 위해 양보하여 곡기를 끊는다. 그리고 스스로 영양공급을 차단한다. 결국 서서히 메말라가며 떠나기 위해 삼베옷으로 갈아입는다.

주변을 휘돌던 소슬바람이 몰고 온 빗소리, 나뭇잎을 그네 태우고 마지막 탱고를 추게 하고 땅으로 내려 온다.

이내 레미드구르몽의 낙엽이 스스로 휘파람 불며 시 한 수 읊는다. "낙엽-레미드구르몽 시몬 너는 아느냐 낙엽 밟는 소리를… ." "휘이흐 흑흑휘/누가 우는 소리인고?/이른 잠 깨운/양철지붕 위 흐느낌은./아하, 바람에 실려 가는 가을 소리였구나." 사람도 그럴까. 피면 지고, 푸르르면 시드는 나뭇잎의 이치와 같은 것을, 그러나 윤회사상에 젖어 기다린다. 거자필반去者必返-헤어진 사람은 반드시 돌아오게 된다. 낙엽은 그러한데 우리 인생도 그럴까.

낙엽이 집니다.

하나,
둘,
그리고 또 하나.

떠나보낼 시간도,
붙잡을 말도 없어,
바람조차 맴도는 오후입니다.

한 잎엔 눈부셨던 그날의 햇살이,
한 잎엔 맑갛게 흐려지는 아련함이,
한 잎엔 가만히 스민 서글픔이,
또 한 잎엔 끝내 다 말하지 못한 서운함이

소리 없이 내려앉습니다.

낙엽이 집니다.

아쉽고도 애틋한 마음,
흘러간 시간의 자락이
가을빛 속에서 멀어집니다.

긴 겨울을 건너면
새로운 봄날,
보들보들한 싹눈 하나
어둠을 비집고
다시 빛의 길을 찾아오겠지요.

－「머무르지 못하는 것들의 근원」 낙엽(落葉) 전문

　어떤 사물이나 그 근본이 없어지면 존재할 수 없음을 이르듯이 나무나 나뭇잎도 뿌리가 없으면 존재할 수 없다. 티눈 같은 싹눈이 틔워 연초록으로 변해 서서히 푸른 떡잎을 펼친다. 이런 과정으로 끌어올리기까지 얼마나 인고의 시간과 대립했을까. 겨우내 닥치는 눈보라와 싸웠기에 끝내 새 봄날에 푸른 촉들이 쑥쑥 솟아나는 것을 보라. 그리고 한 생애 푸름으로 신나게 펼치다가 머무르지 못하고 낙엽이 된다. 인생도 그러하다. 나뭇잎은 물고기의 회귀본능처럼 바로 본연으로 돌아간다. 이어 뿌리로 내려와 제 몸 삭혀 자양분이 된다. 그렇다면 인간도 흙에서 왔다가 흙으로 돌아가는데 남기는 흔적은 어디에 있는가. 나뭇잎은 결국 흙으로 내려와 제 몸 삭혀 자양분이 되듯이, 사람은 부모에게서 받은 육신의 은혜를 어떻게 보답하고 떠날 것인가.

"낙엽이 집니다. //하나,/ 둘,/ 그리고 또 하나.//떠나보낼 시간도,/붙잡을 말도 없어,/바람조차 맴도는 오후입니다." 허무하고 헛헛함이 정처 없는 인생의 무상함과 대비한다.

"한 잎엔 눈부셨던 그날의 햇살이,/ 한 잎엔 말갛게 흐려지는 아련함이,/한 잎엔 가만히 스민 서글픔이,/또 한 잎엔 끝내 다 말하지 못한 서운함이/소리 없이 내려앉습니다." 인생 파노라마로 온갖 희로애락이 점철된다. 열심히 주어진 일에 몰두하던 눈부셨던 시절이 있었다. 정신 못 차려 갈피 못하던 때, 한 편으로는 가슴으로 왠지 모르게 차곡차곡 쌓이는 서글픔이었다. 인간은 감정, 감각적이어서 감성이 생긴다. 감성이란 이성에 대응하는 개념으로, 외계의 대상을 오관으로 감각하고 지각한다. 그리고 표상을 형성하는 인간의 인식 능력이 있는 것이다.

"아쉽고도 애틋한 마음, /흘러간 시간의 자락이/가을빛 속에서 멀어집니다.//긴 겨울을 건너면/새로운 봄날,/

보들보들한 싹눈 하나/

　어둠을 비집고/다시 빛의 길을 찾아오겠지요."낙엽을
보면서 인간의 삶의 이치와 흡사하다고 본다. 가을이 되
어 갈잎으로 물들고 퇴색되어 떨어지는 나뭇잎. 자꾸만
지나간 날들이 추억의 실마리 되어 되돌아온다. 가을을
인생의 연대와 비교해 본다. 공자의 위정편에서 40세는
불혹, 50세는 지천명, 60세는 이순, 이라고 했다. 40은 세
상일에 미혹되지 않는다. 50은 세상의 이치를 비로소 안
다. 60은 귀가 순해지고, 즉 소리가 귀로 들어와 마음과
통하기 때문에 거슬리는 바가 없다. 낙엽 지는 가을이라
면 나의 인생 어디에 비교해 볼까. 현대는 100세 시대라
말하기에 비추어 보면 60대가 걸맞지 않을까 싶다. 스스
로 판단하면 좋으리라. 문득, 윤동주의「내 인생에 가을이
오면」이 떠오른다. "내 인생에 가을이 오면/나는 나에게
물어볼 이야기가 있습니다.//내 인생에 가을이 오면/ 나
는 나에게 사람들을 사랑했는지에 대해 물을 것입니다./
그때에 나는　가벼운 마음으로 대답하기 위해/ 나는 지
금 많은 이들을 사랑해야 겠습니다."

에필로그

이명신 시인은 은근히 남다르고 독특한 시어를 발산한다. 제1 시집, 제2 시집을 상재한 경험이 있기에, 이번 제3 시집에서는 능숙하고 자유스럽게 필력을 구사했다. 대상을 선택하는 시적 재료가 좋고 사물을 빗대어 접목하는 자유자재의 필력을 갖추고 있다. 세상을 보는 안목에서 그릇된 것이 발견되면 직격탄 같은 문구나 또는 우회적으로 돌려서 꼬집는 능력이 있다. 작가가 붓 가는 대로 표현한다는 것은 그만큼 습작의 노력이 있었을 것이다. 저자는 화려하고 아름다움만을 추구하는 것을 탈피한다. 자유롭고 자신감 넘친다. 누구든 눈치 보지 않고 체면치레하지 않는 글발이 오히려 신선해 보인다. 이번 제3, 제4시집을 동시에 펴내는 자신감이야말로 충분히 입증하고 있다.

이명신 시인은 누구에게나 편안하고 부드럽게 해주는 맛깔스러운 시향의 특질이 있다. 변함없이 그의 시 향기에 함께 취하고 음미해 보기를 권하며 졸서의 평을 가름한다.